陈总编爱车热线书系

汽车标识符号全知道

陈新亚 赵航 编著

机械工业出版社
CHINA MACHINE PRESS

本书以图片的形式介绍了汽车上的各种图形、符号和标志的含义及结构原理，并通过简洁的语言说明了它们的使用方法和注意事项。对于新驾驶人、年轻车主、汽车爱好者乃至汽车从业人员来说，这本书都具有现实意义，是指导日常用车的好工具。

图书在版编目（CIP）数据

汽车标识符号全知道 / 陈新亚，赵航编著．—北京：机械工业出版社，2010.9

（陈总编爱车热线书系）

ISBN 978-7-111-31852-1

Ⅰ．①汽… Ⅱ．①陈… ②赵… Ⅲ．①汽车—标志—世界—图集 Ⅳ．① U469-64

中国版本图书馆 CIP 数据核字（2010）第 177057 号

机械工业出版社（北京市百万庄大街 22 号 邮政编码 100037）

责任编辑：李 军 责任印制：乔 宇

北京铭成印刷有限公司印刷

2011 年 1 月第 1 版第 1 次印刷

195mm×185mm · 3.5 印张 · 100 千字

标准书号：ISBN 978-7-111-31852-1

定价：19.80 元

符号的意义

符号是信息的外在形式或物质载体，是信息表达和传播中不可缺少的一种基本要素。我们每天都要和各种各样的符号打上无数次的交道，而在我们日常最普遍的交通工具——汽车里，从仪表盘到中控台，从转向盘到车门扶手，从发动机室到行李箱，越来越多的按钮上标注着各式各样的标识符号，用以表明它们的功能和作用。

符号通常又有三个特征，即抽象性、普遍性和多变性。具体到我们在这本书中要讨论的汽车符号，各种各样的标识体现的正是抽象性；这些标识在不同的车型中又都能找到，又体现了普遍性；此外，有些意义相同的标识在表现的形式上又会稍有区分，这正是多变性的表现。

在这本书中，我们收集了大量具有普遍性意义的汽车标识，并以图文并茂的方式，将这些符号的代表意义和使用方法表述出来，期望能对新车主以及汽车爱好者们了解汽车、认识汽车起到帮助的作用。

编者

III

CONTENTS 目录

IV

第一章　车外标识

1. 车型号

　　一般来说，每一个汽车品牌下都有不同的车系，而每一种车系中又有不同的型号，即具体的款式。虽然每个厂家对自己车型型号的命名方式不同，但大多数均以字母加数字的方法表示。例如宝马在车尾的型号标识上一般采取车系名加数字的形式，如325i，是表示这款车是3系2.5升排量的车型。当然，这里数字也并不一定是完全与发动机的排量相符，比如318i，其发动机为2.0升，只是与320i版本相比，发动机的调校不同，动力水平略低于320i而已。

2. 车标

　　车标即一辆车的品牌标识，在车头和车尾乃至两侧都能看到它的身影。这是一辆车的第一身份证，标示着这辆车的品牌归属。每一个汽车品牌都有自己的车标，而每一个车标也都有自己的象征意义。它是汽车文化的重要组成部分。

3. VIN 码

VIN 码即车辆识别代号。VIN 码是表明车辆身份的代码。VIN 码由 17 位字符（包括英文字母和数字）组成，俗称 17 位码。有 VIN 码的车辆必须填写 VIN 码。9 座或 9 座以下的车辆和最大总质量小于或等于 3500 千克的载货汽车的 VIN 码一般应在仪表板上；也可能固定在车辆门铰链柱、门锁柱或与门锁柱接合的门边之一的柱子上，且接近于驾驶人座位的地方。

德国宝马汽车集团史帕滕博格工厂制造

车辆识别代号：WBAZV4107BLL55177
品牌：宝马(BMW) 牌　整车型号：X5 xDrive35i ZV417
发动机型号：N55B30A　　发动机排量：2979 ml
最大净功率：225 kW　　乘坐人数：7 人
最大设计总质量：2960 kg
制造年月：2010.04　　制造国：美国
6 978 094

4. 加油标号

在油箱盖里侧一般都会贴有该车所需油料的标号，比如"仅限加注93号以上无铅汽油"等，这就是说这辆车只能适应93号以上的无铅汽油。那么所谓90号、93号、97号无铅汽油又是指什么呢？其实它们分别是指含有90%、93%、97%的抗爆燃能力强的"异辛烷"，也就是说分别含有10%、7%、3%的抗爆燃能力差的正庚烷。辛烷值的高低是汽油发动机对抗爆燃能力高低的指标。应该用97号汽油的发动机，如果用90号汽油，那么就容易产生爆燃了。当然，这不是说所有车型都要使用高标号汽油，对于低标号汽油就可以适应的车型，盲目地加高标号汽油，这不仅会在行驶中产生加速无力的现象，而且还会无法发挥发动机的高抗爆性，反而浪费了金钱。所以，按照标号来添加汽油是最好的办法。

6

5. 轮胎胎压

一般在车门框上我们总是找到轮胎胎压的建议值，比如：空载时前、后轮胎的胎压应为 210kPa、220kPa；满载时前、后轮胎的胎压应为 240kPa、250kPa 等。我们在日常用车时要经常检查轮胎的胎压，让其保持在建议值的状态。同时，还要注意保证左、右两侧车轮充气压力的一致，当一侧轮胎压力过低时，在行车、制动车过程中车辆就会向这一侧跑偏，从而带来安全隐患。现在不少中高级车都装备有胎压监测装置，在行车电脑中可以随时查看胎压状况，十分方便。

6. 四驱标识

在很多 SUV 车型或者是运动轿车的尾部，我们常常能发现一些类似于"AWD"、"4X4"、"quattro"、"xDrive"等这样的标识，它们代表什么意思呢？其实，这些标识都是车辆特有四驱技术的名称，有着这些标识的车款都有四轮驱动的能力。

（1）4X4

在很多越野车以及 SUV 上我们都能在车身两侧或者车尾上看到"4X4"的字样，尤其是我们所熟悉的吉普车，几乎在每一款车的尾部都骄傲地挂上了"4X4"的 Logo。其实"4X4"的意思就是四轮驱动，有着这样标识的汽车代表它的四个车轮都可以提供驱动力。当然，"4X4"只是四驱的一个笼统表述，就拿吉

普车为例，即使打上了"4X4"的标识，每一款所使用的四驱系统也不尽相同。比如入门级的指南者使用的是 Freedom-Drive，这种适时四驱系统并不能提供强大的越野能力；而大切诺基和指挥官使用的是 Quadra-Drive II，全时四驱系统能够帮助车辆战胜大部分险要路况；至于最为狂野的牧马人，其按照车型配置的不同而采用了 Command-Trac 以及 Rock-Trac 两种分时四驱系统，基本可以做到逢山过山，遇水过水。

（2）AWD

相对于越野车上常见的"4X4"，在轿车以及城市 SUV 上，我们常常能见到 AWD 的字样。AWD（All-Wheel Drive），也就是全轮驱动，或者说是全时四驱。与纯种越野车的四驱系统不同，AWD 的主要任务是为了减少车辆在公路上轮胎的滑动以便提供更好的操控性能，其作用是提高公路驾驶性和全天候性，而不是越野性。比较出名的 AWD 系统有我们熟悉的奔驰 4MATIC、宝马 xDrive 以及奥迪 quattro。下面来一一简要介绍一下：

1）奔驰 4MATIC

4MATIC 技术于 1985 年在法兰克福国际车展上首次亮相，当时被称为"自动选择四轮驱动技术"，也就是 4MATIC。目前最新版的 4MATIC 系统最大的特点就是 4ETS 技术。4ETS 就是利用了 ABS 的制动力自动分配 (EBD) 功能，实现了差动限制。当车辆有一个车轮打滑时，电脑可以通过控制 ABS 对这个打滑车轮制动的办法来限制它的空转。这样差速器就不会把动力传递给这个打滑的车轮了，转而传递给未打滑的其他三个车轮。如果制动系统把这个打滑的车轮锁死，那么其他三个车轮就能得到所有的动力，也就是说其他每个车轮能得到 33% 的动力。如果车辆有三个车轮都在打滑，只有一个车轮能获得抓地力的话，那么 4ETS 也能给这三个车轮产生制动力限制其打滑，而让动力 100% 地传递给未打滑的这一个车轮，从而让车摆脱困境。

相对来说，4MATIC 的优势在于低速越野，而不足之处是对公路性能没有太大的帮助。虽然

在高速状态下，它类似 ESP 的工作方式能更多地为安全性加分，但依靠制动这样被动式的动力输出控制方法也使得其在高速时无法拥有更多的驾驶乐趣。

2）宝马 xDrive

宝马早期的四驱系统叫做 ADB-X，和奔驰的 4MATIC 一样，其也采用的是前、中、后三个开放式差速器。动力通过这三个差速器分配给每个车轮，当有车轮打滑时，也是通过 ABS 的制动来实现差动限制。不过，ADB-X 在公路高速行驶性能上有所不足，这对于更偏重公路驾驶的宝马来说是个必须解决的问题，于是在 2004 年，宝马推出的 xDrive 智能全轮驱动系统。

xDrive 的中央差速器采用多片离合器的分离和结合来实现差动限制。在正常驾驶条件下，xDrive 按照 40:60 的比例分配发动机动力。在路面情况复杂时，xDrive 可以快速、准确地预测车身姿态的改变，对道路和驾驶条件的变化做出反

应，改变纵向驱动力的分配，实现前后轴动力在 0:100 或 100:0 间无级调整，而这些调整，在 0.1 秒内就能完成。

在干燥路面上行驶时，xDrive 将大部分的动力输送到后车轮，以获得行驶稳定性，只有当系统探测到打滑的情况时，才会立即将动力重新分配给附着力最大的车轮。这比如，如果系统发现车辆可能出现转向不足，就会减少分配给前轴的转矩，并在瞬间将几乎所有动力都输送至后轴，帮助车头完成方向修正。此外，这套系统还不断地与动态稳定系统（DSC）交换信息，从而可以在车轮打滑的瞬间就做出反应。一旦出现车轮打滑，电动机就会锁定 xDrive 的多片式离合器，并通过加大的转矩使这个车轮拥有更好的附着力，同时空转的车轮也会得到制动装置的有效控制。

xDrive 的最大优势就是在汽车加速时能够把更多的动力分配给后轮，而且在高速行驶和急加速时也不会有制动系统的介入，因此公路性能得到了显著提高。

3）奥迪 quattro

奥迪的四驱系统命名为"quattro"。这个名称来源于 Quattratrac 一词（有关吉普车专用变速器的术语）。而 quattro 在意大利语中意味着数字"四"，恰好反映出四轮驱动概念的特点，于是此后我们在所有具备四驱系统的奥迪车上都能看到这个 Logo 的身影。

机械式中央差速器是奥迪 quattro 四驱系统

中的核心部分。从最初的空心传动轴，到今天的转矩感应式 C 型中央差速器，如今的 quattro 系统在正常行驶状态下可以按 40:60 动态转矩分配比例向前后轴传递动力，这一偏向后轴转矩输出的特性使车辆具有了更高的物理操控极限，让 quattro 车型更具驾驶乐趣。而且，quattro 的机械式中央差速器在车轮附着力发生变化的第一时间便可实现转矩在前后轴之间的最佳分配，从而使车辆拥有了更为出色的操控性和主动安全性。

最新的第六代 quattro，其核心技术中央差速器升级到 C 型。采用行星齿轮结构的转矩感应式 C 型中央差速器结构更加精巧，自动锁止功能的反应时间更为迅速。在通常情况下，中央差速器以 40:60 的分配比例将动力传递至前后轴。偏向后轮的动力输出特点为车辆提供了更高的操控性能，在直线加速和弯道中这一特点表现得尤为突出。

第二章　发动机室

1. 冷却液

在发动机室内，我们能找到标有这样标识的储液罐，除了这个标识之外，罐体上面还标示有最高 (MAX) 和最低 (MIN) 线以及类似 "G11" 这样的标号，这就是发动机冷却液的补充罐。冷却液液面高度必须符合规定，以满足冷却系的工作要求，因此，应定期检查液面高度。为正确检查冷却液液面，检查前应关闭发动机，待其停止运转几分钟后方可检查。一般来说，冷却液罐都是半透明塑料罐，无需打开即可检查液面的高度是否合适。在发动机冷态时，冷却液液面必须处于最高和最低两标记之间，当发动机达到热态时，液面可能略高于最高标记。

如果需要补充冷却液，那么应先关闭发动机，待其冷却后将冷却液膨胀罐盖沿逆时针方向旋转一圈，待系统内压力降低后方可取下储液罐盖，添加冷却液。添加冷却液时，注意切勿使液面超过储液罐的最高标记，否则，热态时冷却液将会溢出。添加冷却液后，务必拧紧罐盖。

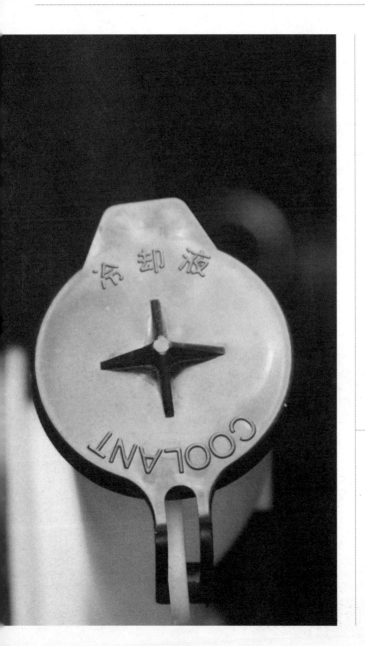

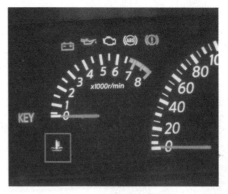

冷却液温度指示灯

冷却液温度指示灯主要是显示发动机内冷却液的温度，只在车辆自检时点亮数秒，平时为熄灭状态。平时我们听到较多的所谓发动机"开锅"，就是指冷却液温度超过规定值，该指示灯点亮。这时应立刻暂停行驶，进行维修。

13

2. 机油

机油，即发动机润滑油，被誉为汽车的"血液"，能对发动机起到润滑、清洁、冷却、密封、减磨等作用。不少新车主认为，检查机油是保养时才应该做的事情，其实这样的想法并不正确。

众所周知，如果金属组件间没有机油加以润滑，不出十几分钟，无法弥补的严重伤害就会发生了。而且，随着技术的发展，发动机内部零件的精密度也随之提高，这时负责润滑与保护各个组件的机油，对发动机性能表现的影响也就更为直接而明显。机油的用量是否合适，油品的质量是否合乎标准，这些都是影响发动机使用效率和寿命的关键因素。在发动机室内，我们能找到如图中的机油尺，将发动机熄火几分钟后，拉起机油尺擦拭干净后再插回，然后再拉起检视油量位置是否在标准规定的上限（MAX）和下限（MIN）之间。如果车龄较长，平日有烧机油的现象时，那么随车要带一瓶规格相同的备用机油，以备不时之需。

机油尺

仪表盘上的油压标识

正常情况下，当点火开关接通时，仪表盘上的油压警告灯点亮，而当发动机起动时，此警告灯熄灭。如果油压不足时，这个灯会常亮不熄。在行车中此灯点亮时，应尽快将车驶离车道，并熄灭发动机。此时，应该在等待几分钟后，检查油位，需要时应补充机油。如果不是机油不足引起指示灯点亮，那么应该及时向维修站进行咨询及求援。

特别需要注意的是，在此灯点亮的状态下运行发动机会对发动机造成严重损伤。另外，不能仅依赖此灯的指示来判断是否需要添加机油，平时自己多动手查看和保养才是正确的养护习惯。

3. 制动液

汽车制动液俗称刹车油，是用于汽车液压制动系统的液体。当驾驶人踩制动踏板时，制动系统根据脚踏板上施加的力量，由制动总泵的活塞，通过制动液传递能量到各个车轮分泵并作用在摩擦片上，从而达到制动的目的。当制动结束时，返回弹簧又将摩擦片拉回到原来的位置。

此外，制动液要保证车辆在严寒和酷暑的气温条件下，在高速、重负荷、大功率及频繁制动的操作条件下都能有效、可靠地保证汽车制动灵活，确保行驶安全。因此我们在日常用车时，也要经常对制动液进行检查。

检查制动液不要起动发动机，打开发动机室盖后可直接观察制动液储液罐外的上下限刻度标记，制动液量位置必须在上下限刻度之间。一般来说，制动液最好1年或2万公里更换一次，因为使用过久的制动液会吸入太多的水气，导致沸点降低，进而引发制动失灵。

4. 玻璃清洗液

在发动机室内，我们能看到有上图标识的储液罐，这就是玻璃清洗液储液罐。汽车玻璃清洗液一般分为夏季使用的 0℃玻璃清洗液和冬季使用的 −20℃、−35℃玻璃清洗液，主要功能是强效清洗汽车风窗玻璃上的灰尘、污渍，快速去除虫胶、鸟粪、油垢等。要经常检查玻璃清洗液的储量，在缺液的情况下不要再开按下玻璃清洗液喷射开关，否则会造成电动机空转，并容易将其烧毁。

18

5. 自动变速器润滑油

对于自动变速器来说，其主要保养内容就是检查变速器润滑油，也就是如图所示这个储液罐。检查时，必须起动发动机，驻车制动器拉起，等怠速运转稳定之后，依序将变速杆挂入各挡位后再挂入空挡或 P 挡位，拉起变速器油尺，检视油量位置是否在标准规范的上限（MAX）和下限（MIN）之间。

接着看颜色，鲜红色表示干净，暗红色显示过脏，最后闻味道，若有焦味表示离合器片有不当摩擦燃烧现象。

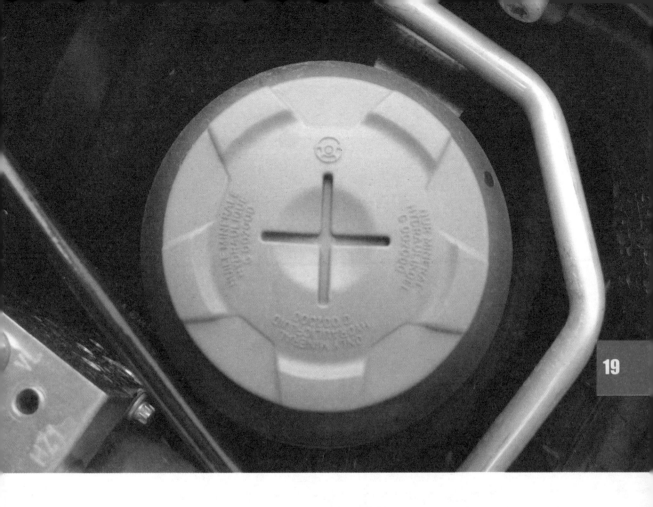

6. 助力转向液

　　现在绝大多数汽车都配备了助力转向系统，而协助助力转向使用的油液，与自动变速器润滑油相同，需要定期进行更换助力转向液的保养。如图所示，当起动发动机后，观察助力转向储液罐液面的位置是否正常。特别注意，在平时驾驶时，尽量不要把转向盘转到底后维持太久，那样会导致压力太大而对转向机造成损伤。

7. 蓄电池

　　现在销售的轿车大部分都配备的免维护蓄电池，因此要检查蓄电池只需检查蓄电池上的窗口，看看窗口里的颜色就可以知道蓄电池的状况。通常窗口上会呈现绿色或蓝色，这代表良好，白色代表电力不足，如果是黑色，那么抽时间到维修站换一个吧。

　　当然，如果是传统式蓄电池，那么蓄电池液要维持在上下限的标线之间，如果过低就要赶快添加蒸馏水，而且只能使用蒸馏水，否则会缩短蓄电池寿命。

第三章　驾驶准备

1. 车门开关

现在很多车型都配备了遥控钥匙，在这些钥匙上，我们经常能够看见如图上的这些标识。其实这些标识并不难认，紧闭的小锁就代表锁车，开启的小锁代表解锁车门，行李箱盖掀起代表给行李箱解锁。有的钥匙上还有小喇叭标识，小喇叭代表寻车，按下后车子就会启动危险警告灯（俗称双闪灯）或发出鸣叫，以让车主可以更快地找到车的位置。

特别要说到的是不少高级车都采用了无钥匙进入系统，也就是只要钥匙在身上，那么按下车门把手上的小按钮，车门就能解锁，而不需要再在兜里寻找钥匙。

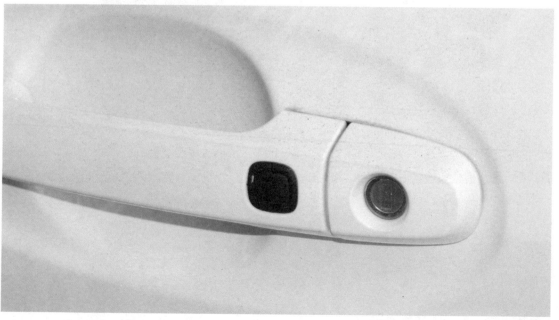

2. 车窗升降

　　车窗升降的按钮多被安置在车门的内扶手上。驾驶人一般能控制整辆车的前后车窗，通过对应的升降按钮完成单个车窗的升降。带X的这个按钮是车窗控制锁定按钮，按下它，除了驾驶人可以对所有车窗进行操作外，其他位置上的乘客都不能对车窗进行升降操作。

奔驰的座椅调节按钮申请了专利

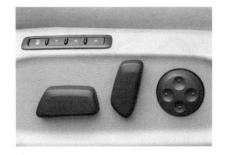

3. 座椅调整

　　一般的手动座椅在座椅下方的前部区域会有一个长条拉杆，拉动这个拉杆就能调整座椅的前后位置。同时在前排座椅的两侧会有调节座椅靠背角度的扳手或者旋钮，通过扳动或转动旋钮就能调节座椅靠背的角度。

　　对于自动座椅来说，一般在座椅坐垫的外侧或是车门的内饰板上都能找到类似如图的座椅调节按钮。其中横向的按钮负责调节座椅的前后位置，纵向按钮负责调节座椅靠背的角度。当然，像奔驰、宝马等高档车，座椅调节按钮还包括头枕调节、坐垫长度调节、腰部支撑调节等功能。

4. 后视镜调整

　　目前很多车款都配有后视镜电动调节功能。如图所示，我们在车门扶手、转向盘后左下方的中控台上都能找到类似这样的后视镜调整按钮。一般来说，首先要选择调整哪一侧后视镜，通过扳动或按下选择按钮，然后就可以通过按键前后左右地进行调节。另外，一些高档车有后视镜电动折叠功能，那个带有折叠后视镜图示的按钮就是执行这一功能的按钮。

注意:

　　转向盘的下沿与驾驶人身体之间应保持 10~12 厘米的距离，如身体距转向盘太近，车辆发生碰撞时，转向盘有可能会成为"凶器"，而太远则会影响驾驶操控。

　　转向盘与胸部之间的距离不得小于 25 厘米。如果小于 25 厘米，安全气囊系统不能起到保护作用。

5. 转向盘调整

　　在转向柱上我们通常能找到转向盘的调节装置，一般情况下，我们拉开扳手就能对转向盘进行位置调整。较为简单的调节装置可以调节转向盘的垂直距离，也就是改变转向盘的上下位置。较为复杂的调节装置还可以调节转向盘轴线上的长短，也就是可以将转向柱拉出缩进，以适合不同身材的驾驶人。

6. 前照灯角度调节

　　有些车型带有前照灯照射角度调节功能。如图所示，我们能在中控台上找到类似这样的操作旋钮。一般来说，调节的挡位大致在 3~4 个，我们可以通过拨动旋钮来调节近光灯照射的远近。一般在道路照明较好的城市公路上，我们应将近光灯的照射范围调整到最近位置，这样能够避免给对向车造成危险。而在郊区公路和高速公路等道路照明设施不好的地段，应将近光灯的照射范围调至最远，这样能更有效地保证行车安全。

27

第四章 驾驶操作

1. 挡位

　　手动挡车型的挡位比较简单，在此不做具体介绍。自动挡的挡位相对而言较为复杂，通常我们最常见的自动挡车型的主要挡位为 P、R、N、D，其含义依次为：停车挡位、倒车挡位、空挡位以及行车挡位。这四个挡位通过名称就可以看出作用，也不细致说明。下面来说说在不同车型上常能看见的挡位：

　　3：同样是前进挡位，这个挡位下变速器在 1~3 挡自动切换，不会升入 4、5 两个挡位。可在较为拥堵的路段使用，限制挡位的切换，避免 3 挡和 4 挡间的跳挡情况。

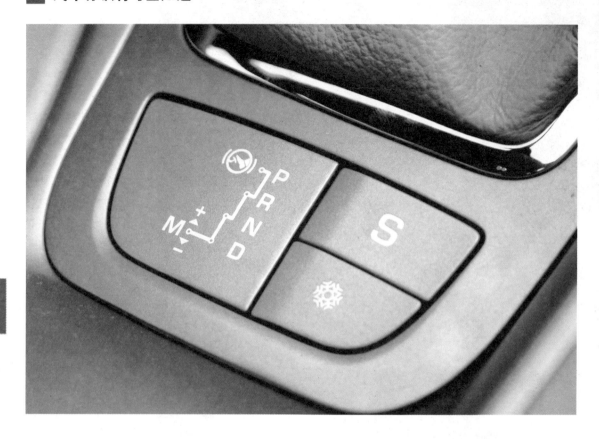

2：此挡时，变速器就在 2 挡上，用于湿滑路面起步，或者慢速前进时作为限制挡使用。

1：此挡时，变速器就在 1 挡上，在爬陡坡等情况时使用。

其他自动挡车辆可能出现的挡位还有 S、L、还有的在变速器上有个雪花的按键（＊）、OD OFF 按键等。这其中：

S：表示运动模式（Sport），在这个挡位下变速器可以自由换挡，但是换挡时机会延迟，使发动机在高转速上保持较长时间，此时车辆的动力表现更为强劲，但油耗也会相应增加。

L：表示低速挡位，和上面的 1 挡基本相同，这个挡位时变速器会保持在 1 挡而不升挡。

＊：雪地挡。用于湿滑路面起步，按下此键时车辆将不从 1 挡起步，而从 2 挡起步，以减低转矩输出，避免车辆在湿滑路面上起步时打滑。

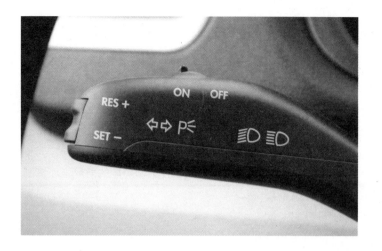

2. 巡航

1）打开巡航开关至 ON 位置，此时巡航功能进入等待状态。

2）一般速度达到 30 公里 / 小时以上即可开始设定巡航。

3）如果要在 80 公里 / 小时设定巡航，那么当速度达到 80 公里 / 小时时，按下 SET 键（或转动拨动控制杆至设定位置），此时车辆将以 80 公里 / 小时的速度保持行驶。

4）如果想在巡航状态下提高速度，那么可以按下 RES+ 键增加巡航速度。在到达预期时速时，放开该按键即可设定在此速度上。减速按下 SET- 键，操作方法类同。

5）踩制动踏板后巡航自动解除，如果此时预设置为 80 公里 / 小时，那么按一下 RES 键，巡航系统将自动加速到 80 公里 / 小时。

6）手动挡车型在踩下离合器踏板后，巡航也会解除，按下 RES 自动恢复巡航。

7）每次发动机熄火后巡航预置将会自动解除，再次使用需要重新设置巡航速度。

3. 刮水器

刮水器俗称雨刷器，具有间歇性刮刷功能的前风窗玻璃刮水器的主要功能有：

2：快速刮刷

1：正常刮刷

↑：间歇性刮刷

0：停止

↓：单次刮刷

处于间歇性状态时，刮刷节奏与车速相关。

自动前风窗玻璃刮水器的主要功能有：

2：快速刮刷

1：正常刮刷

AUTO：自动刮刷

0：停止

↓：单次刮刷

在 AUTO(自动) 位置时，驾驶人将不再需要操纵。

4. 驻车制动器

　　驻车制动器俗称手刹，传统的驻车制动器就不多说了，拉上来是锁止制动，放下去是松开制动。需要提醒的是松开驻车制动器时一定要放到底，否则行驶时会损坏驻车制动器。当然，在仪表盘上我们也能看到如图中带"P"或是"！"的指示灯，当它亮起时，表示驻车制动器没有完全松开。

　　除了传统的驻车制动器以外，现在很多高档车还装备有电子驻车制动器。相比于传统驻车制动器，电子驻车制动器只需要通过一个按键就可以完成对驻车制动器的操作，十分便利。绝大多数的电子驻车制动器按钮上都标示有如图中带"P"的标识，一般向上扳起或拉出后指示灯亮起就表示制动锁止。而需要解锁时，反向操作即可。

33

5. 四驱切换

　　传统四驱车都有类似于变速杆式的四驱切换操作杆，其操作方式与变速杆类似。而现在越来越多的四驱车采用了按键或旋钮式的四驱切换控件。以图中的铃木超级维特拉为例，在四驱模式切换旋钮上，我们可以看到 "N"、"4H"、"4H LOCK" 以及 "4L LOCK" 四个挡位，它们分别代表为空挡、高速四驱、高速四驱锁定以及低速四驱锁定。这其中，空挡在拖车时使用；4H 为高速四驱模式，通常是在非越野路段使用，每个车轮平均分配到 25% 的驱动力；4H LOCK 是指高速四驱锁止，中央差速器锁止后，车辆可以实现前后轴均衡地获得 50% 的驱动力，一般在高速越野路段使用；4L LOCK 模式是低速四驱锁止，它主要在极限越野的情况下起才用，它和 4H LOCK 一样，都是将中央差速器锁止，但是不同的地方在于，它所提供的最终传动比要比 4H LOCK 大，目的就是获得较大的轮端转矩。

　　需要注意的是，四驱模式的切换需要按照使用说明书指导使用，比如超级维特拉，4H 与 4H LOCK 之间可以在行驶中切换，但车速不能超过 100 公里 / 小时。4H LOCK 与 4L 之间的切换必须将车辆停止并将变速器放置空挡，然后才能进行分动器的切换。特别注意的是，4H 与 4L 之间不能直接切换。

这个标识很形象

6. 陡坡缓降

在不少 SUV 车上，我们还能看到如图上这样有小车下坡图案的按键，这其实就是陡坡缓降功能的控制按键。

陡坡缓降，英文为 HDC（Hill Descent Control），其作用就是让车辆能在受控制的情况下，安全通过陡坡路况。这套系统最早出现在 1997 年路虎发布的神行者车款上，随后发现等车型也有配备。当然，现在在很多 SUV 上，我们都能找到它的身影。

这套 HDC 系统的原理，是结合发动机制动与 ABS 共同作用，令车辆在下陡坡时维持低车速但不丧失轮胎抓地力的状态。开启陡坡缓降功能后，系统基本上会设定车速上限，以路虎发现为例，HDC 设定后的上限车速为 9 公里 / 小时，以便驾驶人能从容控制车辆。

第五章 行车信息

120 140
100 160
80 180
60 200
40 220
20 240
0mph
5.0℃
964.8 km
964 km
260

R
N P
D

C

◄ 行程　　　导航　　　音响　　　电话 ►

1. 车速表

　　每一辆车都有速度表，也就是上面所说的车速表。一般我们见到的车速表大致有两类：一种是指针式的，一种是数字式的。前者比较传统，随着指针指向刻度的变化掌握车速；而后者比较直观，精确的数字显示，让人可以准确地控制车速。国产车和进口车中国版车型车速的显示单位为公里／小时（km/h），英美市场则多用英里为计算单位。

　　值得一提的是，在一些欧洲车的指针式车速表的刻度上，我们常常会发现在 30 公里／小时、50 公里／小时以及 110 公里／小时等刻度上会用红色标出，这其实是根据当地的法定限速做出的提示性标注。

2. 转速表

　　相对于车速表，转速表并不是在所有车型上都能找到的，对以前某些廉价车而言，转速表甚至被作为一项配置出现。转速表一般表盘刻度上会标 1、2、3、4 等的数字，下面有 1000 转 / 分（r/min）的单位标识。举例来说，如果指针指到 2，就说明 2000 转 / 分，其他的刻度同理可推。当然，与车速表类似，转速表也有通过电子屏显示的做法，不过相对于车速表的数字显示来说，电子转速表多用方格的长短显示转速的高低。

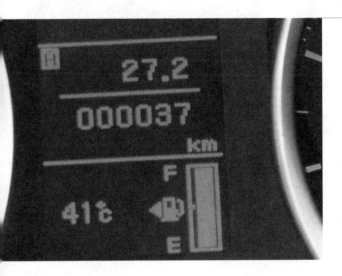

3. 油量表

　　油量表是仪表组中相当重要的组成部分，油箱里有多少油料，全倚仗着它来显示。与前面的两个表相同，油量表也有指针式和电子式两种显示方法。读取的方法不用多说，"F" 或者 "1/1" 是满油状态，"E" 或者 "0" 是空箱状态。

　　需要注意的是燃油不足时，油量报警灯还会亮起，提示你需要马上加油。当然，此报警灯亮起时并不代表车辆马上就要燃料用尽，一般情况下，车辆此时还能再行驶 50 公里，足够你在这段行驶里程里找到一家加油站。

　　此外，不要每次等到油量报警灯亮起时再加油，因为油箱里的汽油泵需要靠汽油来散热，如果油箱的总是汽油很少，自然会影响其寿命。因此，最好在油箱油量不足 1/4 时便进行加油。

39

冷却液温度表

4. 冷却液温度表

　　大多数的车都装备有如图所示的冷却液温度表，这是一个向驾驶人显示发动机散热器中冷却液温度的仪表。通过冷却液温度表我们可以随时了解发动机冷却液温度状况。通常情况下，目前适合车辆行驶的冷却液温度应该是 80~90℃，否则视为高温或低温。

　　出于成本考虑，有极少数车型没有配备冷却液温度表，但这辆车上一定装有温度过高时的报警灯，在冷却液温度过高时，报警灯会亮起来以提醒驾驶人注意。

5. 油耗

　　油耗显示是行车电脑的重要功能之一。在行车电脑的显示屏上，我们常能看到类似图中所示的油耗信息。一般来说，油耗显示都包括两种状态：

　　1）瞬时油耗，也就是行驶时的即时油耗。

　　2）平均油耗，也就是从上一次清零里程后到现在为止的平均油耗数值。

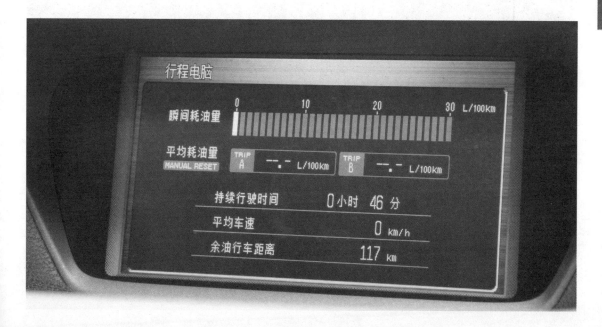

还能行驶 365 公里
就该加油了

6. 可行车距离

顾名思义，可行车距离就是在当前平均油耗下，车辆还可以续航的里程。需要说明的是，这个数值是根据平均油耗估算的，只是参考值，随着驾驶状态的变化，它也会随时做出调整。

第六章　警告信号

1. 安全提醒

　　在遇到突发情况需提醒过往车辆注意时，我们要按下这个有三角形标识的危险警告灯按钮。按下后，车辆的所有转向信号灯都会闪烁，以提醒过往车辆注意。此外，有些高档车的危险警告灯在一些特定情况下也会自动亮起，比如在气囊充气或者是使车辆从 70 公里 / 小时以上的车速强力制动到停止时，所有转向灯都会自动闪烁。

2. 故障警告

在仪表盘上，隐藏了发动机诊断警告灯、制动警告灯、冷却液警告灯、防抱死制动系统（ABS）警告灯等故障警告灯。每次起动车辆时，这些警告灯会自动亮起进行自检，并在数秒后熄灭，而当在行车中遇到某项故障时，相应的警告灯就会亮起以提醒驾驶人注意。

① 发动机诊断警告灯。

② 制动警告灯。

③ 冷却液警告灯。

④ 防抱死制动系统警告灯。

第七章　安全配置

1. 安全带

　　现在越来越多的车辆配备有安全带未系警告灯及提示警告音，在前排驾驶座椅上乘坐时，必须系好安全带，否则，安全带未系警告灯就会持续亮起，有的还伴有提示警告音，直到将安全带的插头插入插扣，警告灯才会熄灭，警告音也才会停止。

提示:

　　三点式安全带的正确佩戴方式应该是将腰部安全带系得尽可能低些，系在髋部，不要系在腹部；而肩部安全带不要放在胳膊下面，应自然斜挂胸前，同时注意不要将安全带扭曲使用。

2. 安全气囊

　　我们常常能在车上找到 SRS AIRBAG 的字样，这其实是表明安全气囊的存放位置。SRS 是 Supplementary Restraint System 的缩写，通常被称为安全气囊系统。现在大多数轿车都拥有驾驶座气囊和前排乘员座气囊，也就是我们常常说到的前排双气囊。而在有些安全配置更高的车型上，我们还可以找到前排侧气囊、后排侧气囊、覆盖整个车侧车窗的侧气帘，甚至是膝部气囊等。可以说这些安全气囊在发生车辆碰撞时，可最大限度地保证乘客的安全。

3. 车身电子稳定系统开关

　　车身电子稳定系统简称 ESP(Electronic Stability Program)，ESP 系统实际是一种牵引力控制系统，与其他牵引力控制系统比较，ESP 系统不但控制驱动轮，而且可控制从动轮。ESP 系统包含防抱死制动系统(ABS)及防侧滑系统(ASR)，是这两种系统功能上的延伸。因此，ESP 系统可以说是当前汽车防滑装置的最高级形式。ESP 系统的主要作用是让车辆沿人为轨迹强制行驶，就是当车辆在弯道出现突然侧滑时，系统通过车辆自身陀螺仪启动 ABS 泵，进行单轮制动干预，使车辆轨迹更加完整。

当然，并不是所有车厂的车身电子稳定系统都取名为 ESP，比如宝马的车身电子稳定系统被称为 DSC，丰田的被称为 VSC，本田的被称为 VSA 等。虽然名称不同，但基本原理和使用效果都是类似的。

ESP 系统大概由以下几部分组成：

1）传感器。转向传感器、车轮传感器、侧滑传感器、横向加速度传感器、转向盘传感器、加速踏板传感器和制动踏板传感器等。这些传感器负责采集车身状态的数据。

2）ESP 电脑。将传感器采集到的数据进行计算，算出车身状态然后跟存储器里面预先设定的数据进行比对。当电脑计算数据超出存储器预存的数值，即车身临近失控或者已经失控的时候，则命令执行器工作，以保证车身行驶状态能够尽量满足驾驶人的意图。

3）执行器。也就是 4 个车轮的制动系统，其实 ESP 系统就是帮驾驶人踩制动踏板。和没有 ESP 系统的车不同的是，装备有 ESP 系统的车其制动系统具有蓄压功能。简单地说，蓄压就是电脑可以根据需要，在驾驶人没踩制动踏板的时候替驾驶人向某个车轮的制动油管加压，好让这个车轮产生制动力。

4）仪表盘上的 ESP 灯。开启、关闭或者在行驶中启动都由 ESP 灯显示出来。

4. 前排乘员气囊开关

　　并不是说安全气囊对所有人都能起到保护作用，在一些特殊情况下，比如将后向儿童安全座椅放置前座时，就必须将前排乘员的气囊关闭锁止，否则，安全气囊在充气过程可能造成儿童严重伤害。

前排乘员席安全气囊的锁止方法：

　　先关掉点火开关，推并旋转开关至 OFF 位置，安全气囊即被锁上。然后将点火开关开启，检查仪表盘上前排乘员席安全气囊的锁止指示灯是否亮起，如果亮起，便确定为关闭。

5. 儿童锁开关

　　在没有装配儿童座椅的情况下，儿童无法获得足够的束缚而可以在后排自由活动。一旦他们在行车过程中打开车门，那么后果不堪设想。所以，针对这种情况，目前大多数轿车的后排车门都装有儿童锁，如图所示，在后车门的边缘位置，我们能找到这样的开关。将开关拨到锁止位置时，后车门只能从车外开启，这对后排的儿童来说，无疑是一种安全的保证。

儿童 保护装置
一旦锁定就不能从
内侧打开车门
锁定　When locked, door won't
open from inside.

前照灯清洗按钮

6. 前照灯清洗

前照灯清洗装置就是说在前照灯的下方有一出水口，随时可以清洗前照灯灯罩上的灰尘及污垢。对于配备了这项装置的车型了来说，一般的操作方法是与刮水器联动，在前照灯点亮的情况下，拉动刮水器操作杆并保持 1~2 秒后，前照灯清洗装置就开始工作，通过喷水清洗灯罩上的污垢。当然，也有一些车型的操作方法更为简便，它们往往会设有独立的前照灯清洗开关，通过按动按钮，就可以直接进行清洗，这要比与刮水器联动的操作方式要更加简便。

第八章　舒适配置

1. 空调

　　目前的车载空调大致分为手动空调和自动空调两种。手动空调的操控面板一般如图所示分为温度调整以及风量调整两个区域。通过旋转或拨动调整旋钮或拨杆，即可完成对温度以及风量的调整。同时，我们还可以看到带有风向指示的调整旋钮或拨杆，将旋钮指针或拨杆调整到相应位置即可完成对风向的控制。

　　装备有自动空调的车型，我们一般能在空调操控面板上看到标有"AUTO"的按钮，按下此按钮，空调将按照设定温度自动调整风量大小，并使车内始终保持设定温度。

除了拨杆，还有旋钮式的按钮

2. 天窗

　　天窗的控制按钮一般被安置在前排阅读灯附近。如图所示，天窗控制按钮多为可以前后扳动的拨杆。向前扳动时，天窗后部可以完成一定角度的倾斜开启；而向后扳动时，天窗整体向后滑动，直至收入车顶篷内。对于一键式的天窗，向先或向后按动（或扳动）一下按钮（或拨杆），即可完成天窗的开启，而不需要持续操作。当然，如果仅需部分开启，那么随时触动按钮即可让天窗停止滑动。

3. 座椅加热

　　目前较为高档的车型都配备了座椅加热功能，有些甚至还有座椅通风功能。座椅加热的操作方法并不复杂，首先在座椅底部、中控台或者变速杆座附近找到类似图中的座椅加热按键或旋钮，然后按下或转动该按键或旋钮，通过挡位指示灯亮起的数量或者旋钮的刻度就可以调节加热的挡位大小。

4. 座椅记忆

在高档车上，我们常常能看到如图所示带有1、2、M 的按键，这就是电动座椅的记忆功能。简而言之，就是电动座椅和车载电脑结合在了一起，对座椅调整位置的信息参数实现智能化管理。比如说，当 A 驾驶人调整好了座椅的位置，并通过按下记忆按钮，用 "1" 按键保存了现在的座椅状态，那么即使当 B 驾驶人在用车时根据自己的身材调整了座椅位置后，A 驾驶人再次用车时，只需按动按键 "1"，那么就可以恢复到自己原来的座椅位置设定。一般一辆车的座椅记忆可以提供 2~4 个记忆组数，这一点可以通过按键区上有几个数字确定。

5. 导航系统

车载导航系统越来越为人们所喜爱，尤其是要去陌生的地方，有了它就不必为找不到路而担心。大多数车载导航系统都与音响系统共用显示屏以及操控面板，因此，只要发现在中控台面板上有"NAV"或者"NAVI"字样的按键就可以确定此车配置了导航系统。

导航系统的操作方法因车而不同，一般来说在按下"NAV"按键进入导航系统后，系统会提示你如何具体操作。特别需要说明的是，一般的车载导航系统为了保证车辆安全，在车辆行驶时都不准许进行界面操作，因此在出发前就要设定好目的地，如果需要修改，一定要在安全的地域停车后再进行调整。

6. 后窗除霜

后窗除霜加热器控制开关一般位于中控台上。按下除霜加热器开关可清除后窗上的薄冰和结霜。

后窗除霜加热器在点火电路接通后才可工作，按下电加热开关即可通／断加热系统。接通加热器后，开关上的指示灯点亮，显示在加热。后窗一旦透明，就应切断加热器，减小电流消耗，并防止烧坏玻璃。

另外，一般来说，当除霜进行 (15±3) 分钟后，或者当点火开关转到 OFF 位置时，后窗除霜会自动关闭。

7. 无钥匙起动

　　无钥匙起动现在正在成为一种流行趋势，这种本来在豪华车上才能享受的装备如今已经成为了很多中档家用车的热门配置。在装备有无钥匙起动装置的车辆上，我们可以找到刻有 "START/STOP ENGINE" 字样的按钮，这就是发动机的点火按钮。

　　在随身携带了电子钥匙时，我们可以通过按下这个按钮来切换各种模式。在不踩制动踏板时，按下此按钮，车内电源将被接通，部分电器可以开始工作。而在踩下制动踏板的同时，按下此按钮，则起动发动机。

特别提示

　　在起动发动机时应注意：

　　1）检查并确认已施加驻车制动。

　　2）检查并确认变速杆置于 "P" 的位置。

　　3）踩下制动踏板，按下起动按钮，直至发动机完全起动。

在关闭发动机时应注意：

　　1）确认车已停稳，并挂入 P 挡位。

　　2）施加驻车制动。

　　3）按下起动按钮并至发动机完全熄灭。

　　4）切忌在行驶中按动起动按钮，那样会导致发动机突然熄火而造成危险。

8. 自动驻车

　　自动驻车系统就是一种自动替你施加驻车制动的功能，启动该功能之后，比如在停车等红绿灯的时候，就相当于不用拉驻车制动器了，这个功能特别适应于上下坡以及频繁起步停车的时候。

　　当按下这个 "AUTO HOLD" 按键时，相应的自动驻车功能便会启动，它通过 ABS/ESP 控制单元的作用，能够令驾驶人在不需要长时间制动，以及启动电子驻车制动的情况下，也能够避免车辆不必要的滑行。另外，它还可使车辆在斜坡上起动时不会往后滚动。总而言之，就是自动防止了车辆在静止状态下滚动溜车。

9. 车外后视镜加热

后视镜加热功能是指当汽车在雨、雪、雾等天气行驶时，后视镜可以通过镶嵌于镜片后的电热丝加热。在需要时，驾驶人只需开启加热除霜按钮（如图所示），后视镜就会开始加热（一般在45℃左右），从而清除凝结在镜面上的水滴，以确保驾驶视线的清晰，提高了行车时的安全系数。

63

10. 驻车雷达

在安装有驻车雷达的车型上，当我们挂入倒挡时，如果车后方有障碍物则会发出"嘀嘀嘀"的声音，有的车型还配有倒车影像系统，可以通过实时影像来指导驻车。此外，有些豪华车型在前保险杠上也安装了雷达探头，以便驾驶人可以更好地掌握硕大的车头位置。

当然，并不是所有时候都需要驻车雷达的帮助，对于老驾驶人来说，雷达一惊一乍的报警声有时甚至能影响情绪。在这个时候，对于有驻车雷达开关按钮的车型来说，可以通过它来关掉驻车雷达，而在需要时，再次按下就可重新激活。

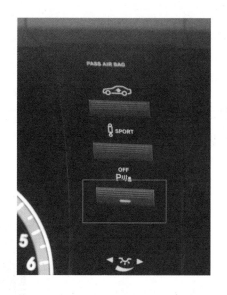

11. 抬头显示器

　　抬头显示器只在极少数的车型上才能看见，比如宝马的X5、7 系等车型上才有配备。抬头显示器的原理是将显示面板上的车速信息利用前风窗玻璃当折射镜投射在上面，使驾驶人不必低头看仪表盘就能掌握车速等行车信息，从而提升驾驶的安全性。

　　以宝马为例，按下图中所示按钮，抬头显示系统便被激活，我们从驾驶座椅上便能看到反射到前风窗玻璃上的行驶信息。宝马的抬头显示器的显示内容已经相当丰富，除了车速以外，GPS 系统的导航信息也可以在这里显示出来。

12. 夜视系统

夜视系统可以改善驾驶安全性，因为它能让驾驶人发现前照灯照射范围以外的潜在危险情况。因此，在为数不多的豪华车上，夜视系统已经作为高规格的安全配置而参与竞争。在国内我们比较容易接触到的就是奔驰S级以及宝马7系上的夜视系统。两者的不同在于，宝马的夜视是利用热成像原理，而奔驰则是利用红外线成像原理，从使用的效果上来说难分伯仲。而从操作方面比较来说，两者都属于一键搞定的易用系统。

如图所示，左侧为宝马7系上的夜视系统开关，右侧为奔驰S级上的夜视系统开关。

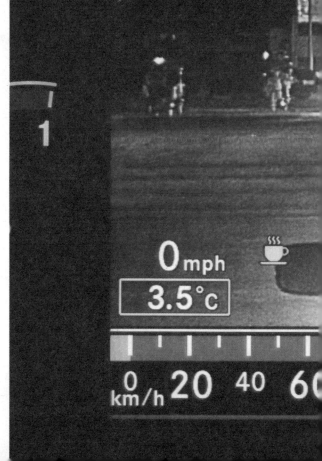

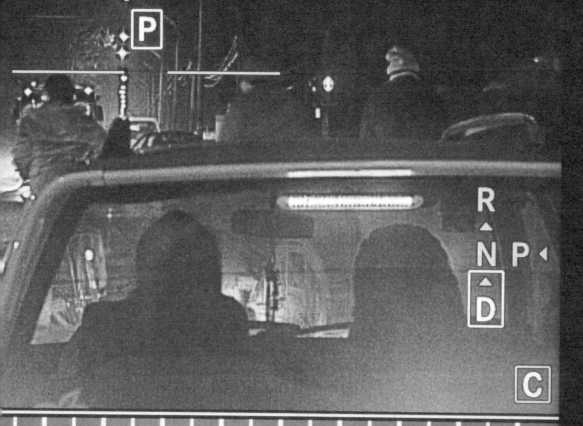

68

13. 车道偏离警示

　　车道偏离警示系统作为一项先进的安全配置已经被越来越多的豪华车所使用。如图所示，按下这个按钮，启动车道偏离警示系统。一旦车辆无意中偏离了当前车道，该系统即刻被激活，并通过振动转向盘来警示驾驶人。当驾驶人用指示灯表示出变换车道的意向后，警示信号消失。此项功能主要为了避免驾驶人在长途高速行驶时，因注意力不集中造成的车身偏离原行驶路线的状况。

14. 行李箱盖自动关闭

对于 SUV 以及掀背车型来说，由于车身结构等原因，行李箱盖开启后的高度要明显高于普通轿车。因此，在需要关闭行李箱盖时，我们往往要在费上些力气，尤其是对于女士们来说，对身高和力量都是一种考验。为了解决这样的问题，目前一些中高级的车型开始引入电动关闭行李箱盖功能。如图所示，通过行李箱盖门边沿的按钮，只需要轻轻一按，行李箱盖就可以通过电动液压装置，实现自动关闭。这不仅可以让女士们感到轻松，同时也不失为一种优雅，所以在一些豪华品牌的旗舰轿车上，我们同样能见到这样的配置。

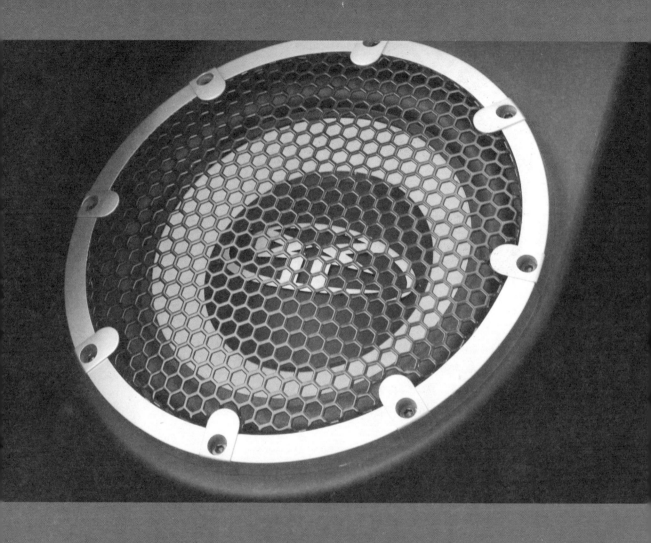

第九章　音响控制

1. 收音机

几乎每一辆车都装备有收音机系统。在音响控制面板上，找到"Radio"按键，按下即接通收音机模式，通过转动调台旋钮，便可对收音机的收听波段进行调节，选择自己喜欢的广播节目。

2. 电视

车载电视目前只在少数高档车上才可以见到。操作方法比较简单，在多媒体控制面板上找到"TV"键，然后按下即可将多功能显示屏切换到电视状态，然后通过调台按钮以及音量控制按钮即可完成对其的基本操作。

3. CD

目前很少有车款再配备磁带播放器，绝大部分配备车载音响的车型都将 CD 机头作为了标准配置。一般来说，单碟 CD 在经济型轿车上较为普遍，使用时只能塞入一张碟片。而一些较为高档的车，配置了多碟播放器，但受到碟盒空间的制约，有一些车型的碟盒与音响控制面板相距较远，比如标致的一些车款，CD 的碟盒就在杂物箱内。

车载 CD 播放器的操作方法十分简单，与我们日常使用的 CD 机基本相同。而且，一般情况下，在塞入碟片后，音响系统会自动切换到 CD 模式，并开始播放 CD 内容。当然，如果要从别的模式手动切换到 CD 模式，那么按下"CD"键即可。

TUNE·FILE

52838

4. MP3/WMA

目前大多数车载音响在机头部分都标有 MP3 以及 WMA 的字样，这表明该音响的机头可以读取 MP3 或者 WMA 格式的音乐文件，也就是说你可以用刻录机将电脑中下载的 MP3 或者是 WMA 格式的音乐文件刻成光盘，并放入车载音响欣赏。

5. AUX 接口

现在越来越多的轿车上，除配备了 CD、DVD 之外，还配备了标有"AUX"的输出输入端子，在杂物箱、中央扶手箱内以及音响控制面板上我们都能见到它的身影。

AUX 是外接音视频设备的接续端，如果在车上要使用随身携带的 MP3、MP4 等播放器，那么就可以通过一根两头都有像耳机插头一样的连接线将播放器与 AUX 接口相连，然后打开车载音响，选择 AUX 输入模式，这样就可以通过车载音响来欣赏随身播放器中的音乐了。

第十章　车轮轮胎

指数	负荷力 /kg	指数	负荷力 /kg
76	400	92	630
77	412	93	650
78	425	94	670
79	437	95	690
80	450	96	710
81	462	97	730
82	475	98	750
83	487	99	775
84	500	100	800
85	515	101	825
86	530	102	850
87	545	103	875
88	560	104	900
89	580	105	925
90	600	106	950
91	615	107	975

1. 轮胎

要知道尺寸不用自己去量，在胎壁上仔细找找都有类似"185 / 60 R14 82H"这样的标识，在这里，185 指的是轮胎宽度为 185 毫米；60 指的是轮胎扁平比为 60%；R 是指这条轮胎是子午线轮胎；14 指的是轮胎内径为 14 英寸；而 82H 是轮胎的载重指数和安全速度级别的标识。这其中，"82"是指轮胎的负荷指数是 82，也就是最大可承重 475 公斤；而"H"则是指轮胎的安全速度限制，即最高安全时速为 210 公里 / 小时。

一般轮胎的制造日期通常都标示在胎壁上"DOT"字样的后方，为第几周 (两位数) + 公元年 (后两位数) 的组合方式，例如 DOT「4808」，即表示在 2008 年的第 48 周生产的产品。

轮胎安全速度记号表

F – 80 公里 / 小时

G – 90 公里 / 小时

J – 100 公里 / 小时

K – 110 公里 / 小时

L – 120 公里 / 小时

M – 130 公里 / 小时

N – 140 公里 / 小时

P – 150 公里 / 小时

Q – 160 公里 / 小时

R – 170 公里 / 小时

S – 180 公里 / 小时

T – 190 公里 / 小时

U – 200 公里 / 小时

H – 210 公里 / 小时

V – 240 公里 / 小时

ZR – 240 公里 / 小时以上

2. 轮毂

轮毂的尺寸其实在前面的轮胎标识上已有体现，"R14"中的14就是轮毂的直径，也就是说轮毂的直径为14英寸。

对于轮毂来说，我们一般最常见的升级方法就是将钢轮毂换用为铝合金轮毂，或采用加大的轮毂来改善汽车的性能和外观。在升级轮毂时，除了要找到对应直径的轮毂外，轮毂的宽度也十分重要。通常以5.5J、6J、7J表示轮毂的宽度，单位为英寸，通常安装胎辐185的轮胎需要5寸的轮毂宽度，195的轮胎需要6英寸的轮毂宽度、205的轮胎需要6.5英寸的轮毂宽度，215的胎宽则需要对应到7英寸宽的轮毂。此外，特别要注意的是改装后的车轮直径（胎壁高度×2+轮毂直径）应当与原车车轮直径相同，否则改装后速度表就会发生偏差，车轮在跳动中也会与车身产生干涉，因此盲目加大轮毂尺寸的改装是不可取的。